Les Marionnettes de Babette

De la même auteure

Jeunesse

Ping-Pong contre Tête-de-Navet, coll. Bilbo, 2003.
  • **Prix littéraire *Le Droit* 2004 dans la catégorie jeunesse.**
La Disparition du bébé chocolat, coll. Gulliver, 2004.
Les Impatiences de Ping, coll. Gulliver, 2005.
  • **Prix littéraire *Le Droit* 2005 dans la catégorie jeunesse.**
Les Petites Couettes de Babette, coll. Mini-Bilbo, 2006.
Une maman pour Kadhir, Éditions Imagine, 2006.
Les Cacahouettes de Babette, coll. Mini-Bilbo, 2007.
Le Meilleur moment, coll. Mes premières histoires,
    Éditions Imagine, 2007.
Tellement Girouette, coll. Mes parents sont gentils mais...,
    Fou Lire, 2007.

Les Marionnettes de Babette

ANDRÉE POULIN

ILLUSTRATIONS :
ANNE VILLENEUVE

QUÉBEC AMÉRIQUE jeunesse

Catalogage avant publication de Bibliothèque et Archives nationales du Québec et Bibliothèque et Archives Canada

Poulin, Andrée
Les Marionnettes de Babette
(Mini bilbo ; 35)
(Babette)
Pour les jeunes.
ISBN 978-2-7644-0603-8

I. Titre. II. Collection: Poulin, Andrée. Babette. III. Collection: Mini-bilbo ; 35.
PS8581.O837M37 2008   jC843'.54   C2007-942083-4
PS9581.O837M37 2008

Conseil des Arts
du Canada

Canada Council
for the Arts

Nous reconnaissons l'aide financière du gouvernement du Canada par l'entremise du Programme d'aide au développement de l'industrie de l'édition (PADIÉ) pour nos activités d'édition.

Gouvernement du Québec – Programme de crédit d'impôt pour l'édition de livres – Gestion SODEC.

Les Éditions Québec Amérique bénéficient du programme de subvention globale du Conseil des Arts du Canada. Elles tiennent également à remercier la SODEC pour son appui financier.

Québec Amérique
329, rue de la Commune Ouest, 3e étage
Montréal (Québec) H2Y 2E1
Téléphone : 514 499-3000, télécopieur : 514 499-3010

Dépôt légal : 1er trimestre 2008
Bibliothèque nationale du Québec
Bibliothèque nationale du Canada

Révision linguistique : Liliane Michaud et Diane-Monique Daviau
Mise en pages : André Vallée – Atelier typo Jane
Conception graphique : Isabelle Lépine

*À ma sœur Dominique,
elle-même espiègle
à ses heures.*

« *Le fruit défendu est bien tentant.* »

Auteur anonyme

1

L'interdit : jolie folie !

Plic ploc ! Plic ploc ! font les gouttelettes en se cognant le nez contre la fenêtre. Babette tourne en rond. La pluie l'ennuie. Trois jours de nuages et d'orages, c'est trop. Elle n'a plus envie de dessiner, ni de jouer à la poupée. À quoi s'occuper ? Comment s'amuser ? Babette ne sait pas. Ne sait plus.

Même Java trouve le temps assommant.

Le museau entre les pattes, la chienne pousse un gémissement mélancolique.

Babette se tourne vers sa grande sœur, étendue sur le sofa avec un bouquin dans les mains.

— Flavie, est-ce que je peux regarder la télévision ?

— Maman ne veut pas que tu regardes la télé durant la journée.

— Je peux jouer à l'ordinateur ?

— Tu sais bien que c'est interdit quand les parents sont sortis.

Babette tape du pied.

— Je ne peux rien faire ici. Ce n'est pas juste !

Flavie fait comme si elle n'avait pas entendu.

Babette s'approche et lui chuchote à l'oreille :

— Et si on faisait du sucre à la crème ?

— Tu vois bien que je lis.

Babette revient à la charge :

— Une bonne gardienne joue avec les enfants qu'elle garde !

Sans lever les yeux de sa page, sa grande sœur réplique :

— Ce sont aussi MES vacances d'été, je te signale. Si je n'ai pas envie de jouer, je ne joue pas. Voilà.

Babette se jette sur le sofa et donne des coups de poing dans les coussins. Flavie pousse un soupir d'impatience et referme son bouquin d'un coup sec. Elle se lève et prend un livre de bricolage dans la bibliothèque.

— Tiens, ça devrait t'occuper un certain temps.

Babette s'apprête à protester mais la couverture vert limette pique sa curiosité. La fillette tourne lentement les pages, une à une. Elle examine chaque illustration et s'exclame : «Oh! Ah!»

Babette referme le livre et descend dans la salle de jeux. De son coffre à costumes, elle tire une paire de bas de laine rouge. Elle prend deux balles de tennis et découpe un petit trou dans chaque balle. Elle glisse une balle dans chaque bas de laine. Pour faire tenir les balles, elle entoure le haut de la chaussette d'un bout de ficelle. Avec un crayon-feutre noir, la fillette dessine des yeux ronds et une bouche moqueuse sur chaque chaussette. Babette taille des cheveux dans des carrés de feutre orange et mauve. Elle les colle sur le dessus des deux boules. Et voilà : les têtes de ses marionnettes sont prêtes !

Elle découpe ensuite deux trous de chaque côté des chaussettes puis glisse ses mains à l'intérieur. Ses pouces et ses majeurs sortent par les ouvertures et deviennent les bras des marionnettes. Pour faire bouger les têtes, elle agite ses index dans les balles de tennis.

Ding, dong! Babette monte ouvrir la porte à Mercédès. Elle brandit ses marionnettes devant le nez de sa copine-voisine.

— Voici Poum et Boum, des frères coquins et taquins.

— Elles sont chouettes, tes marionnettes-chaussettes!

Pendant que Mercédès feuillette le livre vert limette, Babette sort son matériel de bricolage et l'étale sur la table de la cuisine. Elle prend un rouleau de papier de toilette vide dans le bac de recyclage.

— Voici le corps de ta marionnette!

Mercédès découpe une frange de papier doré pour la chevelure de sa marionnette. Elle frise la frange en l'étirant avec ses ciseaux. Pour les yeux : du carton bleu. Pour la bouche : du carton rouge. Pour la robe : une serviette de table en papier bleu. Mercédès colle tous ces morceaux sur le rouleau et enfile ensuite sa marionnette sur deux doigts. Elle prend une voix de poussinet et annonce :

— Je m'appelle Louison et je joue du violon. J'adore dessiner et ranger.

Je suis toujours sage
comme une image.

Babette agite Poum,
prend une voix enrouée
et déclare :

— Pour moi, être sage,
c'est comme se faire mettre
en cage.

Babette brandit Boum,
pince ses narines et lance
d'une voix nasillarde :

— Je déteste le ménage,
mais j'adore le tapage.

Mercédès fait danser
les bouclettes blondes de
sa Louison.

— Le tapage, ça donne
mal à la tête aux parents.

— Les parents font trop
de règlements ! réplique

Babette en remuant la tête
orangée de Poum. Ils
répètent tout le temps
aux enfants : «Ne faites pas
ceci, ne faites pas cela.»
Moi, j'aime ce qui n'est pas
permis...

— Mais ça peut te causer
des ennuis, affirme Louison.

Babette fait sautiller Poum
et Boum sur la table. Les
frères coquins chantent :

L'interdit : jolie folie!
Le pas-permis : beau défi!
Être désobéissant
C'est amusant!

Poum ramasse un
morceau de papier doré
et le lance à Louison.

— Boum et moi, on est
les champions de l'interdit.

— Je ne vous crois pas,
répond Louison.

Babette adore les défis.
Elle agite ses marionnettes et
s'écrie :

— Suis-nous, on va te
le prouver !

2

Un dessert détruit

Babette sort du réfrigérateur la tarte que sa mère a préparée pour le souper.

— Sais-tu ce qui se cache sous cette couche de crème fouettée?

Mercédès fait signe que non.

— Des fraises! répond Poum. Nous, les frères fripouilles, on adore les fraises.

— As-tu la permission de manger de la tarte le matin ? demande Mercédès à Babette.

Boum grimace :

— Demander des permissions, ça me donne des boutons.

À l'aide d'une cuillère, Babette enlève la crème fouettée et la dépose dans un bol. Mercédès admire les superbes fruits rouges couvrant le fond de la tarte. Babette prend une fraise et l'avale d'un coup. Puis elle en déguste une deuxième, une troisième...

— Délicieux ! s'exclame Poum.

— Savoureux! s'écrie Boum.

Babette tend une fraise à Mercédès.

— Goûte!

Mercédès hésite.

— Non, répond Louison en secouant sa tête blonde.

Java jappe bruyamment. Elle aussi veut du dessert. Babette pose une fraise sur le plancher. La chienne détourne la tête. Babette lui offre de la crème fouettée. Java lèche la cuillère et jappe joyeusement.

Mercédès ne résiste plus. Elle aussi se met à déguster des fraises.

De sa voix nasillarde,
Boum s'exclame :

— Je t'avais bien dit
qu'être désobéissant, c'est
amusant !

Dix minutes plus tard, il ne
reste plus une seule fraise
dans la tarte. Babette remet
la crème fouettée dans la
croûte et l'étend
soigneusement avec
un couteau. Elle a tout juste
replacé le dessert détruit
au réfrigérateur lorsque son
cousin entre dans la cuisine.

—Salut, les filles ! dit Yann.

Babette agite les frères
fripouilles :

— Je te présente Poum et Boum, deux spécialistes des mauvais coups.

Mercédès tend le livre vert limette au garçon.

— Tu veux fabriquer une marionnette?

Yann ouvre le bouquin et choisit la première photo qui lui tombe sous les yeux.

— Je vais faire une marionnette sur bâtonnet.

Tandis que Yann commence son bricolage, Babette appelle Lara et Sara Jutra.

— Venez vite! Apportez des branchettes.

Yann roule une grosse boule de pâte à modeler

jaune. Il pique cette tête
sur un crayon. Il fabrique
une bouche en macaronis
crus. Pour l'œil, il enfonce
un bouton bien rond dans
sa boule jaune.

— Ma marionnette est
prête, annonce-t-il.

— Elle n'a qu'un seul œil,
fait remarquer Mercédès.

— C'est un cyclope,
rétorque Yann.

Ding, dong! Les jumelles
Jutra pointent leur nez dans
la porte.

— Entrez! On va faire un
théâtre de marionnettes!
s'écrie Babette.

Pour former le corps de
leurs marionnettes, Sara et
Lara prennent chacune
une petite branche. Elles y
collent des branchettes pour
les bras et les jambes. Sara
fabrique les têtes dans
des boules de papier journal
chiffonné. Quelques bouts
de ficelle et voilà la

chevelure. Pendant ce temps, Lara découpe des jupes dans des verres en styromousse.

— Nos marionnettes viennent de Toronto. Ces

dames parlent anglais,
annonce Sara.

— *Hello ! How are you* ?
demande Lara.

Yann réplique :

— Mon cyclope parle
le cyclopais. *Cyclopopo
vapapa couperpépé
le coupoupou des
damespampam de
Torontopopo.*

Lara hausse les épaules.

— Tu dis n'importe quoi.

Babette se place entre
ses copains et demande :

— Prêts pour la pièce de
théâtre ?

Les cinq enfants se
rassemblent autour de la
table de la cuisine.

— Elle parlera de quoi, notre pièce? demande Sara.

— Si on racontait l'histoire d'une grand-mère malade? propose Mercédès. Sa petite-fille Louison lui apporte des biscuits et...

Babette l'interrompt.

— J'ai une meilleure idée, dit-elle. On va inventer une pièce de théâtre qui parle de caca!

3

Bagarre
de marionnettes

— Une pièce sur le caca?
Oh là là! s'exclame Sara.

— *Cyclopopous
adoramous cettous idéous!*
s'écrie le cyclope.

— Quand mon frère parle
de merde, ma mère lui fait
des gros yeux, déclare
Mercédès.

— Écoutez! ordonne
Boum. On va inventer des
phrases qui riment. Par
exemple, l'une des dames

de Toronto va dire : «Le chat angora a fait caca sur le sofa. » L'autre pourrait dire : «La chienne jalouse laisse sa bouse sur la pelouse. »

Les sœurs Jutra éclatent de rire.

— Comment on dit ça en anglais ? demande Lara.

— Le mot anglais pour chien, c'est *dog*, répond Mercédès.

De sa voix enrouée, Poum annonce :

— Le babouin taquin étend son purin sur le coussin de satin.

Yann s'emballe. Il prend une voix caverneuse et agite la tête jaune de son cyclope :

— Le requin coquin lâche son crottin sur le sous-marin.

Sara aussi entre dans le jeu. Elle monte sur une chaise et brandit sa marionnette en branchette :

— Écoutez ma rime ! La marmotte boulotte fait ses crottes dans ses culottes !

— *Yes, yes !* fait l'autre dame de Toronto en sautillant sur la table.

Yann se tord de rire. La tête de son cyclope bascule et dégringole au sol. Il la ramasse et la repique sur son crayon.

— Il faut trouver une réplique pour la marionnette de Mercédès, dit Lara.

— Je ne veux pas que Louison parle de caca. C'est dégoûtant. En plus, il n'y a même pas d'histoire dans votre pièce, dit Mercédès.

Le cyclope tire la jupe de Louison, puis poursuit les dames de Toronto en criant :

— *Jelele vaisdêdê vousdoudou mandandangerdédé !*

Les marionnettes branchettes caquettent :

— *Dog ! You dog !*

Poum et Boum bombardent le cyclope de boulettes de pâte à modeler. Mercédès se retire dans un coin et observe la pagaille de loin.

— Vos marionnettes font plein de choses impolies, reproche-t-elle à Babette.

— Être poli, ça nous ennuie ! hurlent les frères fripouilles.

Les enfants crient tellement fort dans la cuisine que Flavie se décide enfin à poser son livre et à venir enquêter. Quand elle voit la pâte à modeler collée aux armoires, les coupures de papier éparpillées sur le plancher, elle s'exclame :

— Ah non ! Babette ! Tu sais pourtant que grand-père vient souper ce soir. Et les

parents arrivent dans
une demi-heure ! Allez, tout
le monde, on ramasse ce
dégât !

— *Lababa grandedede
sœurveuveur estlêlê
fâlalachéelélé ?*

— Hein ? Quoi ? demande
Flavie.

— Cyclope veut savoir
pourquoi tu fais la loi, traduit
Yann.

— Parce que je suis la
gardienne ! réplique sa
cousine en furie.

Devant la colère de
Flavie, Yann déguerpit avec
son cyclope jaune. Les
jumelles Jutra agitent leurs
dames de Toronto.

— *Goodbye ! Goodbye !*
lancent-elles, avant de sortir
en vitesse.

Babette se tourne vers
Mercédès :

— Toi et ta Louison si sage
qui adore le ménage, vous
devriez m'aider à mettre de
l'ordre dans ce désordre.

Mercédès secoue la tête.

— Ce n'est pas moi qui ai
fait ce fouillis.

— Babette, TU ranges !
Et que ça saute ! ordonne
Flavie. Je monte dans ma
chambre appeler ma copine.
Quand je redescendrai,
dans 10 minutes, je veux que
la cuisine soit impeccable !

— Oui, oui... bougonne
la fillette.

Sur la pointe des pieds,
Babette entraîne Mercédès
au salon. Elle prend le livre
de Flavie, posé sur le sofa.
Elle sort un bâton de colle de
sa poche et en enduit les
dernières pages du bouquin.

— Arrête ! Ta sœur ne
pourra pas lire la fin de son
histoire, chuchote Mercédès.

Babette fait culbuter ses
marionnettes qui répliquent :

— Tant pis pour elle. On te
l'a dit : on est les champions
de l'interdit !

⌒

Au souper, ce soir-là,
Babette s'installe à table
avec ses marionnettes.

— Voyons Babette, tu ne
peux pas tenir ta fourchette
avec une chaussette,
proteste sa mère.

— Tu vas faire des dégâts,
ajoute son père.

— Poum et Boum veulent
voir notre visiteur.

— Laissez-la... elle
m'amuse cette petite, dit
le grand-père.

Avec ses marionnettes
dans les mains, Babette ne
mange pas très proprement.
Tout glisse. Poum fait tomber
un morceau de pain par
terre. Boum laisse échapper

deux morceaux de lasagne.
Papa fronce les sourcils.
Grand-père sourit.

Au moment du dessert,
la mère de Babette sort la
tarte du réfrigérateur. Elle en
coupe un morceau et
pousse un cri :

— Ma tarte est vide !
Les fraises ont disparu !

Le père se tourne vers
sa cadette.

— Babette ?

La fillette rougit. Poum
répond de sa voix enrouée :

— On avait tellement
faim !

Puis Boum ajoute de sa
voix nasillarde :

— Les fraises nous
chuchotaient : «Mangez-
nous, mangez-nous.»

Le grand-père éclate
de rire, tandis que le père
secoue son index devant
le nez de Babette :

— Tu ne peux pas blâmer
des chaussettes pour ta
gourmandise.

Flavie accuse :

— Je n'aurai pas de tarte
à cause de toi !

La mère de Babette
gronde :

— Tu seras privée de
dessert pour le reste de la
semaine. Maintenant, va
réfléchir dans ta chambre.

Babette se lève et embrasse son grand-père. Ça picote dans sa gorge, mais elle ravale sa boule de larmes. Elle quitte la table en silence, serrant Poum et Boum contre sa robe tachée de sauce tomate.

4

Les intestins
du réveille-matin

Au déjeuner, Babette mange ses céréales avec deux cuillères, tenant Poum dans la main droite et Boum dans la main gauche.

Impatiente, Flavie lui demande :

— Vas-tu te promener toute la journée avec ces vieilles chaussettes dans les mains ?

— Toute ma vie ! réplique fièrement sa petite sœur.

Tandis que Babette termine sa tartine, la grande sœur s'installe au salon pour lire. Deux minutes plus tard, elle se met à hurler.

— Babette ! Tu as collé les pages de mon livre !

La fillette pouffe de rire. Elle prend la voix de Poum :

— On trouve que tu lis trop...

Elle agite la tête mauve de Boum :

— On trouve que tu ne joues pas assez avec nous.

Flavie tape du pied.

— Espèce de peste ! Je vais leur tordre le cou à tes stupides marionnettes !

Babette s'enfuit par la porte arrière, fait le tour de la maison et court se cacher près du perron. Au même moment, Mercédès sort de chez elle.

— Où tu vas? chuchote Babette.

— Chez Sara et Lara.

Babette ne doit pas quitter la cour sans avertir Flavie. Mais sa sœur, encore en colère, lui interdira sûrement d'aller chez les jumelles Jutra.

Poum tire sur les petites couettes de Babette :

— Ta gardienne est toujours trop sévère.

Boum tire sur la robe de la fillette :

— Ta gardienne ne veut jamais faire du sucre à la crème avec toi.

Babette réfléchit. Sara et Lara habitent juste au bout de la rue. Elle ne restera qu'une toute petite demi-heure. Flavie n'aura même pas le temps de se rendre compte de son absence.

Les jumelles Jutra jouent sur leur terrasse. En voyant arriver ses copines, Lara fait valser ses marionnettes branchettes.

— *Good morning*! s'exclament les dames de Toronto.

Mercédès s'approche de Sara :

— Que fais-tu?

— Je joue avec le réveille-matin casse-tête de mon papa.

— Comment ça fonctionne? demande Babette.

— Quand l'alarme du réveil sonne, les pièces du casse-tête sautent dans les airs, explique Sara. Pour arrêter l'alarme, il faut replacer tous les morceaux dans le boîtier. Essaie.

En quelques secondes,
Babette réussit à remettre
les quatre pièces en place.
Puis Mercédès essaie à
son tour. En l'observant,
Babette a une idée.

— Avez-vous déjà vu les
intestins d'un réveille-matin?
demande-t-elle à ses copines.

— C'est quoi, des
intestins? demande Sara.

— C'est les tuyaux dans
notre ventre, explique
Mercédès.

— Tout ce que tu manges
passe par tes intestins avant
de ressortir par le derrière,
ajoute Babette en riant.

Lara lève les yeux au ciel.

— Un réveille-matin n'a pas d'intestins !

Babette tripote le réveil.

— J'aimerais bien l'ouvrir pour voir comment il fonctionne...

— Si on le brise, mon papa se fâchera, prévient Lara.

— On va sortir les morceaux et les remettre en place après, propose Babette.

— Ouais ! Ce sera un vrai de vrai casse-tête ! s'exclame Sara.

Lara agite les dames de Toronto :

— *No ! Not good !*

Poum et Boum dansent une polka et chantonnent :

L'interdit :
quelle belle folie !
Le pas-permis : joli défi !

Sara va chercher un petit tournevis et Babette ouvre le boîtier du réveil. Les filles en sortent des vis, des roues

minuscules, des ressorts
et d'autres pièces
d'engrenages.

— Tadam ! Voici les
intestins de votre réveille-
matin ! annonce Poum.

À tour de rôle, Babette
et Sara tentent de replacer
les pièces dans le boîtier.
Impossible. Elles ne s'y
retrouvent plus dans toutes
ces vis.

Lara contemple le réveil
déglingué.

— Tu l'as brisé ! dit-elle à
Babette d'un ton accusateur.

— Elle t'avait dit de ne pas
l'ouvrir ! ajoute Mercédès.

Babette tente de rassurer
sa copine :

— Ma mère a des pinces miniatures. Je pourrais essayer de...

Lara l'interrompt :

— Non ! Tu ne touches plus au réveil de mon papa !

Elle plante ses dames de Toronto sous le nez de Poum et Boum :

— *Go ! Go home !* Allez vous-en !

Babette a un petit rire incertain. Lara se fâche encore plus.

— Je ne trouve pas ça drôle du tout !

Lara décampe dans la maison et claque la porte. Sans un mot de plus, Sara rentre à son tour. Furieuse,

Mercédès se tourne vers Babette :

— Tu as mis les jumelles dans le pétrin avec ton histoire d'intestins.

Penaude, Babette se tortille la couette et murmure :

— Je ne savais pas qu'il y avait autant de pièces dans un réveille-matin.

— Tu fais plein de bêtises depuis hier. Qu'est-ce qui te prend ? demande sa copine.

— Je te l'ai dit : Poum et Boum aiment l'interdit. Tu viens jouer chez moi ?

Mercédès secoue la tête et s'éloigne.

—Non merci. Je n'ai pas besoin de désobéir pour m'amuser.

Babette serre ses marionnettes contre son cou. Elle ne veut pas perdre ses amies. Mais le pas-permis, elle trouve ça très... excitant !

5

Peur
du vide

Trois jours plus tard,
les amis de Babette ont
abandonné leurs
marionnettes. Lara et Sara
ont planté les dames de
Toronto dans le potager. Elles
en avaient assez de parler
anglais. Yann a perdu la tête
de son cyclope au terrain de
jeu et Mercédès a rangé sa
Louison dans son coffre à
souvenirs. Seule Babette

continue de traîner partout
Poum et Boum.

Elle est justement en train
de fabriquer des casquettes
pour ses marionnettes
lorsque son cousin survient.
Yann brandit deux raquettes
et un volant.

— On joue au badminton?

Les enfants pourchassent
le volant, qui ne va jamais où
ils veulent. D'un grand coup
de raquette, Yann l'envoie
sur le toit de la remise.

— Montons le chercher, dit
le garçon.

— Mon père ne veut pas
que je grimpe dans l'échelle,
répond sa cousine.

— Il ne le saura pas.

Babette réfléchit un instant puis laisse la parole à Poum :

— C'est pas permis ? J'en ai envie !

De sa voix nasillarde, Boum ajoute :

— L'interdit me ravit !

Les enfants appuient l'échelle contre le mur de la remise.

— Monte la première, dit Yann.

Babette grimpe agilement. Rendue au sommet, elle avance à quatre pattes jusqu'au milieu du toit. Poum s'exclame :

— Le monde est beau vu d'en haut !

Yann commence à monter dans l'échelle un peu branlante. Le garçon tremble. Il agrippe les barreaux de toutes ses forces. À mi-chemin, il s'arrête. Il sent le vide sous lui. Il n'a qu'une seule envie : redescendre. Poum lui crie :

— Arrive, grosse tortue !

Yann soulève une jambe, puis l'autre. Ses pieds lui semblent aussi lourds que des blocs de béton. Lorsqu'il arrive en haut, Boum s'écrie :

— Enfin te voilà, espèce de traîne-pantoufles !

De peine et de misère, Yann se hisse sur le toit. Il évite de regarder en bas.

Il tente de faire taire sa frayeur. Les marionnettes de Babette dansent la salsa et chantonnent :

— Ça prend du courage pour se rapprocher des nuages...

Yann pâlit puis gémit.

— J'ai mal au cœur.

Il tourne la tête de côté et vomit son déjeuner.

Bouleversée, Babette dit aussitôt :

— Viens. On redescend.

Yann ferme les yeux. La panique le paralyse. Des larmes roulent sur ses joues.

Babette répète d'une voix douce :

— Viens, Yann.

— J'ai trop peur.

— Je vais t'aider.

— Peux pas.

— Essaie, supplie Babette.

Elle tente de tirer le bras
de son cousin. Il hurle :

— Lâche-moi !

Babette hésite. Elle veut
descendre chercher de
l'aide mais ne veut pas
laisser Yann. Elle crie à pleins
poumons :

— Flavie ! Flavie !

Au bout d'une éternité,
la grande sœur sort de
la maison. Elle sursaute en
apercevant les enfants sur
le toit de la remise. Elle
monte aussitôt dans l'échelle

et caresse les cheveux de
son jeune cousin.

— Ça va aller, le rassure-
t-elle.

Entre ses larmes, Yann
bafouille :

— J'ai peur du vide.

— Ferme tes yeux, je serai
ton guide.

Agrippé à Flavie, Yann
réussit à redescendre. Dès
que Babette a les deux pieds
sur le plancher des vaches,
sa grande sœur lui lance :

— T'es folle ? ! Vous auriez
pu tomber, vous casser une
jambe ou un bras !

— Mais... je...

— Qu'est-ce qui te prend Babette ? Tu n'arrêtes pas de faire des mauvais coups !

Babette veut protester mais Flavie lui tourne le dos. La grande passe son bras autour des épaules de Yann.

— Je te ramène chez toi, murmure-t-elle.

Babette les regarde s'éloigner. Elle aussi veut consoler son cousin. Mais la colère de Flavie a pris toute la place.

6

Panda
de cristal

Tout le reste de l'avant-midi, Flavie lit. Babette essaie de dessiner mais son cœur n'y est pas. À midi, la gardienne prépare un sandwich qu'elle pose sur la table de la cuisine, sans dire un mot.

Timidement, Babette demande :

— Pourrais-tu m'amener au parc après dîner ?

Flavie lui jette un regard furieux.

— Pas question. Surtout après ce que tu as fait ce matin...

— Mais ce n'était pas mon...

— Je ne veux rien entendre, coupe la grande.

Babette baisse le nez. Sa sœur est injuste. C'était l'idée de Yann de monter sur le toit...

Flavie monte lire dans sa chambre. Babette tourne en rond. Elle n'a rien à faire. Son regard s'arrête sur le buffet de la salle à manger. La collection de sa mère trône sur la plus haute tablette : une douzaine d'animaux taillés dans du cristal de Baccarat. Babette pense aux jumelles Jutra, qui adorent les jouets miniatures... Ce serait une bonne façon de se faire pardonner pour le réveille-matin disloqué.

Mais ces bibelots si jolis lui sont interdits. Sa mère lui a répété des centaines de fois :

— Une seule de ces miniatures coûte aussi cher que ton vélo. Ma collection s'appelle «Pas touche».

— Si ta mère dit non, ça veut dire oui pour nous, fait Poum.

— Elle ne le saura même pas, ajoute Boum.

Après l'histoire de l'échelle, Babette sait que Flavie va l'ignorer pour le reste de la journée.

— Elle ne m'a même pas laissé le temps de m'expliquer ! pense la fillette.

À cette idée, Babette sent sa colère monter. Elle tire une chaise devant le buffet. Son cœur cogne fort dans sa poitrine. Avec mille précautions, elle s'empare du papillon, du panda, du lapin et du dauphin de cristal. Elle appelle ensuite les jumelles Jutra.

Pour ne pas que sa grande sœur la surprenne, Babette sort sur la terrasse. Avec des gestes lents et prudents, elle aligne les petits animaux sur la table de pique-nique.

Lorsque Sara et Lara arrivent, elle leur présente la ménagerie.

— Qu'ils sont beaux, tes animaux! s'exclame Sara.

— Ma mère dit qu'ils coûtent «horriblement» cher. Ils sont en cristal de Baccarat, explique Babette.

— Baccarat?

— C'est la ville de France où on les fabrique.

Lara glisse son doigt sur le dauphin miniature. Elle trouve le cristal très doux, très frais.

— As-tu la permission de jouer avec ces bibelots? Ils sont si fragiles...

Babette n'a pas le temps de répondre. Java arrive en tornade et se jette sur elle pour lui lécher la figure.

Le coude de la fillette frappe
le panda qui tombe sur
la terrasse et se fracasse.

Babette crie à sa
chienne :

— Va-t'en, Java ! Va-t'en !

La queue entre les pattes,
l'animal se réfugie à l'autre
bout de la terrasse. Lara
ramasse les fragments de
panda.

— Il y a trop de petits
morceaux. Je ne pourrai
jamais les recoller, se
désespère Babette.

Elle retourne dans la salle
à manger et replace les trois
bibelots intacts dans le
buffet.

— À force de faire ce qui est interdit, tu t'attires plein d'ennuis, dit Lara.

— Tu devrais appeler ta mère à son bureau. Si tu avoue tout de suite ta bêtise, elle sera moins fâchée, suggère Sara.

Babette couvre ses oreilles avec ses marionnettes.

— Viens Sara, on s'en va, dit Lara.

Babette se retrouve seule avec son dégât et son tracas. De sa voix enrouée, Poum déclare :

— Avec l'interdit viennent aussi les cachotteries.

De sa voix de nez, Boum ajoute :

— Les sottises et les bêtises, on les enfouit sous sa chemise.

Babette hésite. Devrait-elle tout raconter à Flavie ? Si elle ne dit rien, peut-être que sa mère ne remarquera pas la disparition de son panda.

Les gémissements de Java la tirent de ses pensées. La chienne boite sur trois pattes jusqu'à son bol d'eau. Inquiète, Babette soulève doucement la patte de l'animal. Elle voit du sang et un minuscule morceau de cristal enfoncé dans le coussinet. Affolée, la fillette se précipite dans la maison en criant : Flavie !

Alerté par sa fille aînée, le papa de Babette revient plus tôt du bureau. Il examine la patte de Java et soupire :

— Il faut aller chez le vétérinaire.

Babette regarde son père emmener la chienne. Ça picote dans sa gorge. Elle a beau avaler, la boule de larmes ne veut pas disparaître. La fillette prend Poum et Boum. Elle court à la remise et jette ses marionnettes dans la poubelle.

Réfugiée dans son lit, Babette pleure. Cette fois, ce n'est plus une petite boule de peine qui tremblote dans sa gorge. C'est un ruisseau de larmes qui coule sur ses joues. Elle a des hoquets gonflés de chagrin, des crampes au ventre. Elle a surtout peur que plus personne ne l'aime à cause de toutes ses gaffes.

Il faut dire que Babette n'a jamais vu ses parents aussi en colère. À son retour de chez le vétérinaire, son père a crié : «Ça m'a coûté cher!» Quand sa mère a vu le panda fracassé, elle a crié : «Je t'avais interdit de toucher à ma collection!»

Babette sanglote si fort sous son oreiller qu'elle

n'entend pas Flavie entrer dans sa chambre. La grande sœur s'assoit sur le lit. Elle pose sa main sur le dos de sa petite sœur. La fillette se calme. Flavie soulève l'oreiller et lui tend un papier-mouchoir. Au lieu de se moucher, Babette se lance dans un long discours.

— Excuse-moi pour ton livre. Je ne collerai plus jamais les pages. Et je ne toucherai plus au cristal... Ni à l'échelle...

Flavie lève une main et l'interrompt.

— Ça va, ça va, dit-elle doucement.

La grande sœur hésite, puis ajoute :

— Je n'ai pas été la meilleure des gardiennes. J'aurais dû m'occuper un peu plus de toi...

— Quand je n'ai rien à faire, les bêtises m'attirent, explique sa petite sœur.

— J'ai remarqué... fait Flavie.

Babette baisse ses yeux rougis et murmure :

— J'ai jeté Poum et Boum à la poubelle.

— Pourquoi ?

— Ils aiment trop le pas-permis. Ça me cause un tas d'ennuis.

— Babette, tu ne peux pas blâmer ces vieilles chaussettes pour tes bêtises.

La fillette soupire.

— Poum et Boum parlent fort dans ma tête. Ils me disent qu'être obéissant, c'est ennuyant.

— La prochaine fois que les petites voix dans ta tête t'invitent à faire des choses interdites, saute sur place en criant très fort : « Taisez-vous ! »

Babette bondit sur son lit et hurle :

— Taisez-vous ! Taisez-vous !

Flavie se bouche les oreilles.

— Assez ! Arrête ! Sinon, on ne fera pas de sucre à la crème demain.

Babette cesse aussitôt de hurler mais continue de sautiller. De joie.

Dès que sa sœur a quitté la chambre, la fillette se précipite au sous-sol pour y prendre une poignée de biscuits pour chien. Elle sort sur la terrasse où Java roupille, le museau posé sur

sa patte bandée. Babette met ses bras autour du cou de sa chienne et chuchote :

— Excuse-moi, Java.

Elle pose les biscuits devant l'animal, puis court ensuite à la remise. Elle tire Poum et Boum de la poubelle et leur dit d'un ton sévère :

— Je vous avertis, c'est fini l'interdit. Plus un seul mauvais coup, sinon je vous envoie en pension chez Mercédès !

— Non, non, pas chez la voisine ! supplie Poum. On promet d'être gentils et polis.

— Oui, vous avez intérêt. Surtout qu'on a des excuses à faire, prévient la fillette.

—Tout ce que tu veux, renchérit Boum. On sera sages comme des images... *ou presque,* chuchote-t-il à son frère.

Babette éclate de rire et fait une joyeuse pirouette avec ses marionnettes.

- FIN -

Fiches d'exploitation pédagogique

Vous pouvez vous les procurer sur notre site Internet
à la section jeunesse/matériel pédagogique.

www.quebec-amerique.com

Achevé d'imprimer au Canada
en janvier 2008
sur les presses de l'imprimerie Lebonfon
Val-d'Or (Québec)